# BUMSGESCHICHTEN 14

# Bumsgeschichten 14

# Impressum

Vorwort

Sehr verehrte Leser und Leserinnen,

vielen Dank für den Erwerb meines Buches.

Mein Name Summer Winter. Mit diesem Buch möchte ich Sie an meiner Lust und Sexualität teilhaben lassen.

Dieses Buch ist das 14 einer ganzen Reihe. Jedes Buch enthält eine erotische Geschichte. Diese entsprechen zum Teil meinem Leben, meinen realen Erlebnissen. Der Rest ist Kopfkino. Meine Geschichten sind daher eine Mischung aus Wünschen, Sehnsüchten, realen Abenteuern und Masturabtionsfantasien.

Und nun zu mir: Ich wurde im Jahre 1982 in der ehemaligen Sowjetunion geboren. Genauer gesagt in Rybinsk, Sternzeichen Schütze. Wir wanderten 1996 nach Deutschland aus.

Ich bin 162 cm groß und von molliger, aber ästhetischer Figur. Ich habe ein pralles, 95 E-Körbchen. Von Natur aus sind meine Haare blond und meine Augen grün bis bläulich. Meine Haare trage ich seit vielen Jahren kurz und in verschiedenen Farben.

Mittlerweile bin ich schwer tätowiert. Zum Ärger meines Vaters habe ich mir auch die Handrücken tätowieren lassen. So, nun haben Sie auch eine optische Vorstellung von mir in den Geschichten. Aber fühlen Sie sich frei sich auch etwas anderes vorzustellen.

Ich hoffe, ich kann Ihnen mit meinen Fantasien und Erlebnissen eine kleine Freude bereiten und/oder Sie zu erotischen Taten inspirieren ;)

Selbstverständlich würde ich mich über eine positive Bewertung und Weiterempfehlungen sehr freuen. Um das Lesen angenehmer zu gestalten schreibe ich aus meiner eigenen Sicht.

Ihre Summer

## Dunja und der Billardclub

"Plopp", machte die schwarze Acht schließlich und fiel in die mittlere Tasche. Ich wusste es sofort, als mir der Stoß mit dem Queue misslungen war. Während die Augen der Jungs noch mit ungläubigem Staunen der Kugel folgten, liefen mir bereits heiße und kalte Schauer den Rücken hinunter ...

Es war schon spät an diesem Vereinsabend des Billardclubs. Ich trank noch ein Bier mit meiner Freundin und war gerade am Gehen, als die Prahlereien einiger übriggebliebener Teenager immer unverschämter wurden. "Jetzt gebt nicht so an, ihr könnt ja noch nicht mal richtig zustoßen", konterte ich, schon halb auf dem Weg zur Tür, als mir Jens, einer der Kerle, den Weg versperrte. "Für dich langt's noch", gab der gerade 17 jährige frech zurück. "Wenn du willst, gleich hier am Tisch".

Schlagartig wurde es totenstill im Raum. Ruhig begegnete ich seinem Blick. Ich war mehrfache Clubmeisterin und galt unter den Jungs in jeder Hinsicht als unerreichbar. "Beweise es", sagte ich schließlich gedehnt. Unwillig schüttelte ich meine Freundin Annika ab, die mich am Arm fasste und mir rasch "komm lass uns gehen" flüsterte. "Aber", ich griff nach einem Queue "hier auf dem Tisch"? "Das werde ich. Was ist der Einsatz Baby" - fragte Jens breit grinsend.

"Ihr kleinen Wichser habt nichts, was mich interessiert", entgegnete ich ihm und betonte dabei das "mich" besonders. "Wenn ich mit dir fertig bin, könnt ihr Halbstarken euch gegenseitig einen blasen, hier auf dem Tisch". Es war jetzt so still, dass man eine Stecknadel hätte fallen hören können. Ich war bekannt dafür kein Blatt vor den Mund zu nehmen. Und die Jungs aus dem Nachwuchs mochten meine ordinäre Art sehr. "Und was hast du zu bieten, was uns interessieren könnte"? Dabei starrte er mir unverhohlen auf den Busen, und die beiden anderen Jungs machten obszöne Handbewegungen.

Ich griff in meine Handtasche und legte drei Gummis auf den Tisch. "Haben es euch eure Mamis schon erlaubt mit Frauen zu spielen? Alles klar soweit", fragte ich die Drei. "Noch nicht ganz", meinte Jens und steckte die Gummis in seine Jackentasche. "Wir werden doch auch nicht Gummis lutschen". "Abgemacht"? "Abgemacht".

Annika war gleich sehr unwohl bei dem Gedanken. Ich setzte meine Pussy aufs Spiel, im Kampf gegen drei 17-jährige Bengel. Und

Annika fügte gleich hinzu, dass sie nicht mit auf dem Programm stünde.

Schon bald lag ich haushoch voran. Ich war mir meiner Wirkung auf die Jungs nur allzu bewusst und setzte mich bei jedem Stoß gekonnt in Szene. Wie sollten sich die drei Teenager bei meinen Reizen schon konzentrieren. Mein großer, praller Hintern und mein mächtiger Busen mussten ihnen zwangsläufig die Konzentration rauben.

Beim letzten Stoß stellte ich mich in meinem Minirock breitbeinig hin, drückte den Po weit hinaus, ich ließ mein 95-E Körbchen absichtlich lasziv hin und her schaukeln. Ich blickte Jens von unten her mit meinen großen Augen an und - verfehlte knapp das Ziel. Ich hatte kraftvoll gestoßen, die weiße Kugel schoss unkontrollierbar über zwei Banden und traf dann die schwarze genau dort, wo ich sie für den nächsten Stoß benötigt hätte. Jens und seine beiden Kumpanen jubelten als hätten sie gerade die Weltmeisterschaft gewonnen. Das gefiel mir sogar. Nur Annika schlug die Hände vors Gesicht.

Ich lehnte mich gegen den Pooltisch, den Queue waagrecht in beiden Händen haltend. Jens kam langsam auf mich zu. "Hier auf dem Tisch, ganz recht, Baby", sagte er und grinste dabei schief und schelmisch. Ich fühlte, wie mein Körper fast gegen meinen Willen reagierte. Seit ich mit Annika unterwegs war, war ich etwas ruhiger geworden was sexuelle Abenteuer anbelangte.

Doch jetzt spürte ich es wieder. Diesen Kick, diese Erregung und Erotik. Wie sich meine Brüste strafften, meine Nippel versteiften, die Wärme und die zunehmende Feuchtigkeit zwischen meinen Beinen. Jens hatte mir mittlerweile den Queue aus den Händen genommen und sorgfältig zur Seite gelegt. "Spielschulden sind Ehrenschulden. Nicht war Romanova"? "Ja Kleiner, so sieht es wohl aus", lächelte ich fast süffisant zurück.

Seine Finger griffen unter die Träger meines Spaghetti-Tops, langsam zog er die Träger herunter und schob sie unter meine gewaltigen Brüste. Mit einem unbeschreiblichen Lächeln legte er meine Tittis frei. "Nun seht euch mal an, wie geil unsere Clubmeisterin schon ist". Dabei drückte er meine Nippel zwischen Daumen und Zeigefinger leicht zusammen, was mir ein leises Stöhnen entlockte. Die anderen beiden Jungs standen seitlich neben Jens und beschränkten sich vorerst aufs Zusehen, während Annika sich im Hintergrund hielt und nur hilflos mit den Schultern zuckte.

Ich kniff die Augen etwas zu und biss mir

verlegen und lüstern auf die Unterlippe. Der vorlaute Teenager spürte schnell das mir die Situation fast noch besser gefiel als ihm. Jens ließ von meinen Brüsten ab und hob mich mühevoll auf dem Pooltisch. Ich bebte als mir der junge Kerl unter den Rock griff und mit einer einzigen Bewegung den kleinen String Tanga über meine Knie nach unten zog. Jens kniete theatralisch nieder und sog den Geruch des feuchten Fleckes ein, der sich schon in meinem String gebildet hatte.

"Na, vielleicht haben wir doch etwas, was du brauchen kannst. Was meint ihr"? Damit zog er ihr das Höschen ganz von den Beinen und warf es Kevin, einem der beiden anderen zu. Die beiden rochen ebenfalls daran, machten "mmmmh" und "oooooh" und schauten mit gierigen Augen zu, wie mir Jens den Rock bis zu den Hüften hochschob und meine Schenkel weit auseinander drückte. "Seht mal, die blanke Muschi, wie es sich für eine richtige Milf gehört". Sachte fuhr er mir mit einem Finger durch die nasse Spalte, was mich verhalten aufstöhnen ließ.

Ich verdrängte den Gedanken, dass Annika mit ansehen konnte, wie ich auf die drei Jungs ansprang wie eine läufige Hündin. Und meine Gier auf Männerschwänze nicht mehr verbergen konnte und wollte. Annika war seit gut einem Jahr meine neue, beste Freundin. Von meiner ausschweifenden Sexualität wusste sie jedoch nichts. Würde sie mir in Zukunft überhaupt noch in die Augen sehen können? Aber das war mir im Moment ziemlich egal.

"Jetzt fick mich endlich, wenn du kannst du Angeber", zischte ich Jens an. Doch der grinste wieder schief und sagte nur, "nicht so hastig, Lady. Wir wollen schließlich alle auf unsere Kosten kommen". Er deutete den beiden anderen Jungs, die hurtig auf den Pooltisch kletterten und sich rechts und links neben mich hinknieten. "Auspacken", kommandierte Jens. Kevin und Paul, die beiden anderen Halbstarken, öffneten gehorsam ihre Jeans und ließen ihre halbsteifen Schwänze heraushängen.

"Du wolltest, dass wir lutschen? Wir wissen leider nicht, wie das geht, zeig es uns Dunja", spottete Jens. Mein Blick funkelte ihn giftig an. Gier und Ekel kämpften in mir um die Oberhand. Ich war 18 Jahre älter als die Jungs. Ihre Mütter sind kaum älter als ich, wir gingen zusammen zur Schule. Das machte mich total heiß. "Süßer, ich könnte deine Mama sein. Stört dich das nicht"? "Nein. Mama-Schlampen ficken am besten. Ich liebe Milf-Pornos". Ich lächelte Jens an. Zu einem guten, saftigen Fick konnte ich noch nie nein sagen. Und drei junge Fohlen auf einmal, das war nicht zu verachten.

Schließlich griff ich mit den Händen erst den einen, dann den anderen Schwanz die sich mir anboten. Und icch begann sie langsam zu wichsen, während ich versuchte, auf der Tischkante das Gleichgewicht zu halten. Jens versenkte ganz sachte einen Finger in meiner Möse, zog ihn wieder zurück und schleckte ihn genüsslich ab. "Na der hat es aber nötig" dachte ich mir. Er fasste mir wieder an meine Vernusperle und rieb sachte daran. "Na, was ist mit Blasen, Miss Romanova"?

Mein Kopf füllte sich langsam mit dem Geruch der beiden Männer, und mit jedem ihrer immer rascher werdenden Atemzüge verloren sich meine letzten Hemmungen immer mehr. Schließlich wandte ich meinen Kopf zu Kevins Schwanz und berührte seine Eichel sachte mit den Lippen. "Braves Mädchen", kommentierte Jens und steckte mir wieder einen Finger tief in mein Zuckerdöschen. Ich stöhnte dabei auf und ließ Kevins Schwanz tief in meinen Mund gleiten. Noch nie hatte ich den Schwanz eines "Kevins" in meinem Mund. Doch es fühlte sich gut an.

Der intensive salzige Geschmack überwältigte mich fast und ich begann langsam und intensiv an Kevins Männlichkeit zu saugen. Kevin stöhnte neben mir. Er stemmte seine Hände in die Hüfte und genoss meine Spezialbehandlung. Jens sah eine Weile ungerührt zu und kommandierte dann. "Und jetzt Paul". Ohne mit der Wimper zu zucken gehorchte ich den Anweisungen des Teenies. Zu sehr war ich schon in Fahrt, zu groß war die wilde Schwanzgeilheit die mir innewohnt.

Meine weichen Schlauchboot-Lippen stülpten sich sanft und gekonnt über Pauls geschwollene Eichel. Der junge Mann bekam fast Schnappatmung dabei. Ich glaube ich war die erste Frau die ihn überhaupt berührte. Mit der linken Hand packte ich seine verlockenden Hoden. Sie waren so jung, so prall, so unberührt. Ich spielte mit seinen Kugeln in meiner Hand und saugte genüsslich seinen unverbrauchten Schwanz in meinen Mund.

Ich ergötzte mich an Pauls verlegener Lust und seinem jungfräulichen Phallus. Der Gedanke daran die erste Frau zu sein die seinen Schwanz lutscht erregte mich sehr. Doch auch Wehmut war dabei. Denn ich wusste, er würde wohl nie mehr einen so tollen Blowjob bekommen.

"So ist es gut, schön brav. Und jetzt abwechselnd blasen Baby", sagte Jens völlig ungerührt, während er seine Jeans öffnete und seinen steifen Knüppel herausholte. Ich spürte wie Jens seinen jungen Lustprügel an meiner feuchten Möse ansetzte. "Willst du schon gefickt werden, du alte Schlampe" fragte er mich süffisant. Ich murmelte ihm etwas Unverständliches zu, während ich Pauls Schwanz tief in meiner Kehle stecken hatte. Jens rieb nur seine Eichel an meinem Pfläumchen, während Paul mir immer härter in die Kehle stieß.

Wieder und wieder glitt Pauls frecher Lümmel über meine weichen Lippen. Ich spürte jedes Fältchen, jede noch so kleine Ader an seinem Schaft. Ich lutschte seinen Pimmel als wäre es der letzte Schwanz auf der Erde. Ich genoss es den jungen Mann zu befriedigen. Ihm zu Diensten zu sein. Ich wechselte zwischen geschlossenem Blick und weit aufgerissenen Augen die direkt in seine blickten.

Meine Zunge verwöhnte seinen Liebeskolben Millimeter um Millimeter. Ich schmeckte seine junge Männlichkeit. Und Paul kostete von meiner unbändigen Lust. Es gibt nichts

Schöneres als einen amtlichen Blowjob. Nichts ist vergleichbar mit dem Gefühl einen saftigen Schwanz zu lutschen und zum abspritzen zu bringen.

Und die cremige Belohnung sollte nicht lange auf sich warten lassen. Ich spürte wie Pauls Körper bebte. Wie er zitterte und nach und nach die Kontrolle verlor. Seine Atmung wurde flach. Seine Atemzüge kürzer und schneller. Mir war klar dass er gleich abspritzen würde. Und nur wenige Sekunden später spürte und schmeckte ich den weißen Honig der sich in meinem Mund ergoss. Das Gefühl war unbeschreiblich. Und Pauls ekstatisches Stöhnen war das I-Tüpfelchen.


"Sehr gut, du geile, alte Sau! Komm schon Baby, einmal geht's noch", ließ sich Jens vernehmen. "Und du komm her und sieh zu, wie ich es deiner kleinen Kumpeline richtig besorge", sagte er und winkte Annika zu uns. Zögernd kam sie einige Schritte näher und schaute zu, wider ihren Willen von der Szene fasziniert. Kevin, der andere der beiden, hatte mich einstweilen auf den Rücken gelegt, kniete über miir und wichste seinen Schwanz genau über meinem Gesicht.

Als ich hin greifen wollte, nahm Kevin meine Arme, legte sie hinter meinen Kopf auf den grünen Filz und fixierte sie mit einem Queue, den er quer über meine Handgelenke legte. "Darf ich wenigstens deine Eier lecken" stöhnte ich ihm voller Geilheit zu. "Na klar Romanova. Lutsch meine Eier du alte Russen-Schlampe". Der Tonfall der Jungs war schon sehr rüde. Aber es gefiel mir. Und jeder im Club wusste um meine ordinäre, vulgäre Art die ich ja nur allzu oft an den Tag legte.

Jens rammte mir nun seinen Schwanz mühelos bis zum Anschlag ins nasse Glück, was ich mit einem lauten Aufstöhnen quittierte. Langsam und gleichmäßig begann er mich zu stoßen und zu ficken. Der Junge Hengst spielte mit mir. Er achtete darauf, mir richtig einzuheizen, mich aber noch nicht kommen zu lassen. Schnell wurde mir klar das Jens der mit der größten sexuellen Erfahrung unter den Jungs war. Sabine keuchte und stöhnte während er mich zwischen meinen Beinen nahm und ich Kevins Liebesbälle lutschte.

Mein erregter Körper wand sich auf dem grünen Filz. Ich bebte und zitterte vor Lust und Leidenschaft. Annika hatte sachte ihre Hand ausgestreckt und streichelte mir zärtlich und neugierig über meinen Bauch und meine Brüste, was meine Geilheit noch weiter steigerte. "Du hast echt so wahnsinnig riesige Titten, Dunja" - fügte Annika an. "Voll die geilen Schlampen-Titten" - ergänzte Paul. Von mir kam nur noch ein gestöhntes "Danke" hervor. Annikas Finger, die an meinen Nippeln spielten und Jens Stöße, raubten mir den Verstand.

Das jugendliche Reibeisen versenkte sich wieder und wieder in meiner schmatzenden Möse. Und ich spürte das ich mich meinem Höhepunkt näherte. Sein praller Phallus durchstieß immer wieder die imaginäre Grenze in meinen Zuaberwald. Wieder und wieder. Ich spürte den mächtigen Schaft der sich an meinen Lustlippen rieb. Und ich genoss es wie tief er es vermochte in mich einzudringen.

Doch schon bald merkte ich das es bei Jens fast soweit war. Ich versuchte mich von seinem Stöhnen und von seinen immer fester werdenden Stößen mitreißen zu lassen. Er stöhnte laut und leidenschaftlich. Mein Körper wackelte unter seinen harten Bewegungen. Meine Möpse wippten vor und zurück. Da passierte es plötzlich. Eine mächtige Ladung Sperma ergoss sich auf meinem Gesicht.

Kevin hatte mich angewichst. Seine Lust verteilte sich auf meinem Antlitz. Über meine Augen, meine Nase, meine rechte Wange und meinen vollen, sinnlichen Lippen. Ein lautes, jubelndes Stöhnen brach aus ihm heraus. "Uhhhh, ist das geil! Du geile Fotze"! Ich ließ es mir nicht nehmen, mir den süßen Nektar von den Lippen zu lecken.

Schließlich war jetzt auch Jens soweit. Auch er stöhnte und sein Körper bebte. Sein Penis bäumte sich zum Abschuss spürbar auf. Ich konnte fühlen wie sein Phallus noch einmal größer wurde. Dann begann er wild und unkontrolliert in meiner Honigpussy zu zucken und zu zappeln. Der junge Stecher schloss die

Augen und entlud sich in mehreren heftigen, ausgiebigen Eruptionen in mir. Ich spürte wie sich sein Samen in mir verteilte und ich genoss es.

Doch leider hatte ich noch keinen Höhepunkt. Mit meinen 35 Jahren war ich wohl doch zu viel Frau für diese jungen Bengel. Als er seinen Schwanz aus meiner Möse zog, bettelte ich um mehr. Würdelos flehte ich die jungen Männer an mich weiter zu bumsen. "Bitte hört nicht auf mich zu ficken", keuchte ich. Aber die Jungs hatten ihr Pulver schon verschossen. Doch Jens meinte ganz gönnerhaft: "Bitte doch deine Freundin, dich fertigzumachen".

Da sah ich zu Annika. Wir waren Freundinnen, zwischen uns gab es keine sexuelle Spannung. Außer der, die heute entstanden ist. Warum eigentlich nicht dachte ich. Schließlich hat sie auch mit meinen Titten gespielt. "Bitte Annika, mach´s mir", keuchte ich lüstern in meiner Notgeilheit hervor. Annika wusste genau, was ich jetzt brauchte. Zärtlich führte sie mir erst einen, dann einen zweiten, schließlich einen dritten Finger in mein empfindliches Feuchtgebiet.

Während sie mit dem Daumen meine funkelnde Perle massierte und gleichzeitig mit der anderen Hand meinen rechten Nippel zärtlich verwöhnte. Jens war mittlerweile zu den anderen beiden auf den Tisch geklettert und kniete seitlich neben ihnen. "Mund auf Romanova", kommandierte er mich. Während ich unter den Berührungen meiner Freundin schrie und keuchte und stöhnte, bemühten sich die Jungs noch etwas Saft aufzutreiben.

Es dauerte ein paar Minuten, doch die Mühe lohnte sich. Während ich von einer Serie von Orgasmen überrollt wurde die mir Annika gekonnt verschaffte, wichsten die drei Männer über meinem Gesicht und spritzten ihre letzten Sahne-Reserven nahezu zeitgleich ab. Sie spendeten mir ihren weißen Nektar direkt in meinen Mund. Ich kostete diesen intensiven Moment so lange aus wie ich nur konnte. Dann ließen die Jungs von mir ab und kletterten wieder vom Tisch. Auch Annika nahm ihre Hände von mir und ließ mich in meinem Nachbeben der Lust auf dem Tisch alleine liegen.

Erst gute zehn Minuten später hatte ich mich wieder soweit gefangen, dass mir die anderen wieder auf die Beine helfen konnten. Die entladene sexuelle Spannung war mittlerweile einem peinlichen Schweigen gewichen. Annika und die Jungs vermieden es, mich direkt anzusehen, wie ich noch immer halbnackt und besamt vor ihnen am Pooltisch lehnte. Schließlich brach ich das peinliche Schweigen. "Was kuckt ihr denn so doof? Habt ihr noch nie eine vollgewichste Schlampe gesehen? Wollt ihr nicht wenigstens euren Sieg mit mir begießen"?

Ein befreites Lachen ging durch die Runde. Ich richtete wieder mein Spaghetti-Top. Dann wischte ich mir die Lust-Sahne mit einem Taschentuch aus dem Gesicht. Wir gingen gemeinsam zur Bar des Clubs, wo Paul uns eine Runde kühle Drinks mixte.

"Dürft ihr überhaupt schon harte Sachen trinken" – fragte Annika süffisant. "Eigentlich nur Softdrinks" antwortete ihr Kevin augenzwinkernd. "Also stoßen könnt ihr jedenfalls doch, alle Achtung", lachte ich in die Runde. "Aber nur auf dem Tisch", antwortete Jens, als er mir zuprostete.

FSC
www.fsc.org
MIX
Papier | Fördert
gute Waldnutzung
FSC® C083411

Zeitfracht Medien GmbH
Ferdinand-Jühlke-Straße 7
99095 Erfurt, Deutschland
produktsicherheit@kolibri360.de